나의 스웨덴에서

지구 반대편에서 그려낸 사랑의 기록들

나의 스웨덴에서

엘리 • 쓰고 • 그리다

arte

차례

스웨덴에서 갓 태어난 이방인의, 낯선 시간에 대한 기록들 ◆ 6

🌰 지구의 낯선 반대편에서
환상의 나라에서 ◆ 10
같은 하늘 아래라는 위안 ◆ 14
박물관 신혼집 ◆ 18
연결되어 있다 ◆ 24
범블비 장례식 ◆ 30
헙! ◆ 34
햇빛을 잼 병에 담아 ◆ 38

🌿 알아가며, 다정해지며
마음이 지치는 날 ◆ 44
사랑을 먹고 자랐다 ◆ 48
슬그머니 마음이 돌아왔다 ◆ 52

낙엽처럼, 마음이 ◆ 56
너의 아침, 나의 밤 ◆ 60
엘라의 달력 ◆ 68
목욕하고 가렴 ◆ 74
여름 허세 ◆ 78
그리운 사람이 있다는 것은 ◆ 82
작별 ◆ 86

🐴 스웨덴이라는 나라
라테 파파 ◆ 96
스웨덴 남자의 레시피 ◆ 100
Fika, 모든 복지의 시작 ◆ 106
일곱 살의 구직 광고 ◆ 112

평등과 친절의 기준 ◆ 118

한여름 밤의 꿈 ◆ 122

칸타렐 비밀 장소 ◆ 128

새들도 함께 겨울을 난다 ◆ 134

보이는 것이 전부는 아니다 ◆ 140

발렌타인데이 ◆ 144

소중한 존재가 늘어간다

얀테의 법칙 ◆ 152

백 세 할머니의 블로그 ◆ 160

이상한 나라의 기념일 ◆ 164

보상은 이미 충분히 받았다 ◆ 170

넥타이를 매주세요 ◆ 176

평균 나이 서른여섯 ◆ 182

다 다른 선택에 대해 ◆ 188

사람들도 모두 날씨와 같다 ◆ 192

작전명, 꽃 사진을 찍어라 ◆ 198

사치스러운 산책 ◆ 202

나의, 스웨덴

공기 냄새 ◆ 210

숲 ◆ 216

숲 한가운데의 보물 상자 ◆ 220

스웨덴의 크리스마스 ◆ 226

추억 상자 ◆ 232

안녕 겨울 ◆ 240

잠시나마 봄을 되찾을 수 있도록 ◆ 244

선로 옆에 지어진 집 ◆ 250

스웨덴에서 갓 태어난 이방인의, 낯선 시간에 대한 기록들

스무 살을 앞두고 고등학생이었던 나는 친구들과 모여 앉아 우리가 곧 법적으로 성인이 되고 결혼을 할 수 있는 나이가 되는 일에 마음이 설렜다. 우리의 미래 남편들은 지금 어디서 무엇을 하고 있을까 친구들과 종종 이야기했지만 당시 지구 어디쯤 있는지도 잘 몰랐던 스웨덴이라는 나라에 나의 미래의 남편 헨케가 살고 있을 거라곤 상상도 하지 못했다. 그리고 머지않아 내가 그 낯선 나라에 살게 될 거라곤 더더욱.

요즘 같은 글로벌 시대에는 나고 자란 모국이 아닌 다른 장소에서 사는 일이 그리 특별하지도 않다는 걸 안다. 그렇지만 내가 스웨덴에 뚝 떨어지자 이야기가 달라진다. 모든 것이 인생에서 처음 겪는 일 투성이다.
스웨덴으로 이주하고 사 년이라는 시간이 지난 지금까지도 이곳에서의 하루하루는 여전히 낯선 일 투성이다. 늘 당연하게 누려온 대부분의 것들이 없는 곳에서, 다름을 받아들이며 하루하루 보내다 보면 날것 같은 시간들도 언젠가 무르익을 날이 올 것을 알고 있다.

나와 눈동자 색이 다른, 헨케의 부모님을 '파파'와 '맘마'라고 부르기까지 셀 수 없는 쑥스러움을 삼켰다. 그 시간들을 지금 다시 떠올리면 조금 우습게 느껴지는 것처럼, 다른 시간들도 모두 당연하게 변해갈 것이다.
주말이면 편안한 차림으로 동네 카페를 찾아다니던 내가 아이스커피도 팔지 않는 이 작은

마을에 살게 되고 보온병에 커피를 담아 숲에 가는 주말이 일상이 된 것처럼.

새해가 되면 서점에 들러 사 모았던 자기계발서 대신 야생 꽃과 새, 동물도감을 사고 여름에는 멋진 야경이 있는 바다 대신 인적이 드문 호수를 찾고 가을에는 예쁜 트렌치코트 대신 방수 자켓을 입고 숲으로 블루베리와 버섯을 따러 가고 겨울에는 붕어빵 대신 사프란이 들어간 빵으로 마음을 채우는 일이 익숙해진 것처럼.

시간이라는 마법은 낯섦을 당연함으로, 그리고 당연했던 시간을 그리운 날들로 둔갑시켜 버린다. 완전히 속아 넘어가기 전에 가능한 많은 시간을 내 것으로 만들어 기억해두고 싶었다. 낯선 풍경을 사진으로 담고, 사진으로는 담기지 않는 것은 그림으로 그리고, 그림으로도 부족하면 글을 덧붙이기도 한, 그 기록의 일부를 이 책에 담았다.

이 책은 스웨덴에서 갓 태어난 이방인의 관찰 일기이자 낯선 시간에 대한 아주 사적인 기록이다.

2019년
스웨덴에서 엘리

지구의 낮선
반대편에서

FRÅN
MITT
SVERIGE

If you don't like
where you are

MOVE

you are not
a tree

한국에서 미디어로 접하는 스웨덴은 환상적인 나라다.

아름다운 자연, 여유롭고 안정적인 삶, 남녀평등 사상,

풍부한 복지 등 듣기 좋고 보기 좋은 것들로 가득 찬 곳이다.

하지만 당연히 환상적인 나라 스웨덴에도 단점은 많다.

그중 하나는 모든 장점들을 무의미하게 만들 정도로 치명적이다.

나는 그 단점을 직접 살아보고 나서야 찾아낼 수 있었다.

이 천국 같은 나라 스웨덴의 치명적인 단점은,
아무리 완벽한 곳이라 한들, 이곳이 나의 모국이 아니라는 사실이다.
이곳엔 우리 아빠도 엄마도 그리고 오빠도 없다.

세계에서 행복 지수가 가장 높은 나라 중 하나라고 해도,
외국인인 나에겐 그저 통계와 숫자에 불과하다.
이방인이라는 건 실로 많은 것을 의미한다.

항상 누군가를, 또는 무엇인가를 그리워하며 살아간다.
앞으로도 그럴 것이다.
마음 한편에 늘 시린 빈 공간을 내어둔다.

지어진 지 백 년이 넘은 집에 첫 신혼집을 얻었다.

옛날 건물답게 천장이 높아 창문도 덩달아 높게 나 있다.

이사 들어온 첫날 밤 저녁, 종일 이삿짐을 풀고 녹초가 되어 겨우 침대에 누웠다.

아직 전등도 달지 못한 캄캄한 침실에 누워 신경을 잔뜩 곤두세우고 있었다.

조금 낯선 나라에서, 완벽하게 낯선 공간에 처음 몸을 누였다.

몸이 지쳤는데도 좀처럼 잠이 오지 않았다.

그러다 문득, 침대 옆의 창문을 올려다보았는데

눈물이 왈칵 쏟아질 것만 같았다.

내가 누운 자리에서 오리온 별자리가 선명하게 보였다.

작은 별 세 개가 나란히 줄지어 있는 모습이 귀엽고 비교적 찾기 쉬워

겨울이면 아주 어렸을 때부터 습관처럼 찾아보던 별자리다.

한국에서도 보던 별자리가 이 머나먼 타지에서도 선명하게 보였다.

같은 하늘이다.

이사를 오고 첫해 겨울은 침대에 누워 별을 보다 잠드는 날들이 많았다.

박물관 신혼집

우리 집에서 가장 새것이 있다면, 아마 나와 헨케가 아닐까.

집 건물은 물론이고 우리 집에 있는 가구, 소품, 식기 들은

대부분 우리보다 먼저 태어났다.

스웨덴 사람들은 오래된 물건을 소중히 생각한다.

반짝반짝 광나는 새 물건도 기분 좋지만

거쳐온 세월만큼 많은 이야기를 담은 물건들을 보며 상상하는 시간이 소중하다.

지어진 지 백 년이 훌쩍 넘은,

게다가 오랜 세월 학교였던 건물에 신혼집을 구했다는 말을 하니

친구는 이제 옛 물건을 모으는 걸로는 모자라

박물관에 들어가 살기로 작정한 것이냐고 웃으며 물었다.

집 내부는 개조되었지만 복도와 건물 현관문 등은 백 년 전 모습 그대로다.

계단을 오르고 복도를 걸을 때면 혼자 상상하곤 한다.

복도를 뛰어다니며 장난치는 아이들의 개구진 모습과 웃음소리, 사십 년대의 원피스를 입고

한쪽 손에는 교재를 들고 지나가는 선생님들, 칠판에 부딪히는 분필 소리,

지금과는 사뭇 다른 억양의 스웨덴어 등등….

그렇게 온갖 상상을 하며 계단과 복도를 지나 우리 집 현관문을 열고 들어오면

마치 백 년 전에서 현재로 타임머신을 타고 들어온 기분이 든다.

소파에 누워 높디높은 천장을 바라보면서,

헨케에게 했던 이야기를 하고 또 한다.

백 년 전에 이곳에서 공부하거나 시간을 보낸 사람들은,

백 년 후에 저 멀리 한국에서 온 여자가 이 공간에 신혼집을 얻어

살게 될 거라곤 상상도 못했겠지?

지금부터 백 년 후에는 우리가 상상도 할 수 없는 풍경이 이곳에 담기겠지?

그걸 못 보고 죽어야 한다니 너무 아쉽다, 라고….

헨케는 그저 웃는다.

백 년 후에 이 집에 살게 될 사람들은 우리의 존재조차 모르겠지만,

지금의 나처럼, 만나본 적 없는 우리를 상상하며 행복하게 살아가기를 바라본다.

종종 한국과 스웨덴 사이에 작은 공통점도 없다는 것이 절망적으로 느껴졌다.

두 나라는 물리적 거리만큼이나 닮은 부분이 정말 없다.

역사적으로도 크게 연결된 부분이 없다.

미지의 세계에 살고 있다는 느낌을 언제나 받았다.

그 '다름'을 받아들이고, 차츰 스웨덴에 익숙해져가고 있을 때쯤

우연히 빈티지 가게에 들렀다.

티크 나무 소재로 만들어진 오래된 그릇을 구경하는 나에게 주인아저씨는

그 그릇이 어디에서 온 나무로 만들어졌는지 아느냐고 물었다.

나무라면 당연히 스웨덴이나 북유럽 어딘가에서 구한 것이겠죠, 라고 대답했더니

아저씨는 흥미진진한 표정으로 대답했다.

"그 나무는 한국에서 온 나무야."

단 하나의 공통점도 없다고 생각하며 살아왔는데

내 손에 들린, 내가 너무나 좋아하는 빈티지 제품의 원재료가 내 고국에서 온 것이라고?

아저씨는 들뜬 얼굴로 설명했다.

옛날 한국에는 티크 나무가 많아서 해외로 자주 수출했다고 한다.

그런데 한국전쟁이 발발하며 주 수출국인 미국으로

더 이상 나무를 수출할 수 없게 되었다.

마침 그 무렵 스웨덴과 덴마크에서는 티크 나무를 사용한 가구와 인테리어 소품을 많이 만들기 시작했다.

스웨덴 사람들이 스칸디나비아에서는 자라지 않는 티크를 구입하려고 알아보니

한국에 많이 쌓여 있었던 것이다.

북유럽 사람들은 그 나무를 수입해 가구와 인테리어 소품을 만들었고

이것이 북유럽 디자인 열풍의 시초가 된 셈이라고 했다.

이날 티크 소재로 만들어진 작은 그릇을 사 들고 집으로 오는데 마음이 한껏 부풀어 올랐다.

드디어 연결 고리 하나를 찾았다!

범
블
비　장
례
식

외출을 하려고 현관문을 열고 나서는데
발밑에 까만색 작은 털 뭉치 하나가 떨어져 있었다.
가까이서 보니 잔뜩 웅크린 채 죽어 있는 범블비다.

스웨덴의 5월은 잔혹하다. 봄꽃이 만발했는데, 또 눈이 내린다.

길을 걷다 보면 날씨의 얄궂은 장난질에 얼어 죽은 범블비들이 여기저기 눈에 띈다.

내가 따뜻한 집에 머물며 겨울이 지나가길 기다리는 동안 그랬을 것이다.

내가 그랬듯 봄이 오기를 간절히 기다렸을 것이다.

범블비도 춥고 어두운 겨울을 이겨냈을 텐데 결국 나만 봄을 맞이한다.

온몸을 덮은 보송보송한 털 때문에 곤충보다는 아주 작은 동물 같다.

웅크려 죽어 있는 모습이 더욱 가엾게 느껴진다.

예쁜 봄꽃으로 작은 관을 장식해서 집 앞 화단에 묻어주었다.

처음으로 치른 범블비 장례식이다.

헙!

스웨덴어를 배우는 과정에서 도통 입에 익지 않는 표현이 있다.

스웨덴에서는 "응, 맞아"라고 상대방의 말에 가볍게 동의할 때

헙! 하고 짧게 숨을 들이마셔 대답을 대신한다.

즉, 바람 소리가 대답인 것이다.

한국에서 온 내가 언뜻 듣기엔 마치 뭔가에 놀랐을 때

숨을 들이키는 소리와 비슷하게 들린다.

지금 내가 살고 있는 남부 지역에서는 숨을 크게 들이키는 소리를 내고
덴마크 쪽에 가까워질수록 입을 작게 오므려
"휩" 하고 휘파람을 입 밖으로가 아닌 입안으로 낸다.
마치 각 지역마다 사투리가 있듯, 바람 소리도 지역마다 다르다.
처음에는 헨케가 부모님과 통화하며 헙! 헙! 하는 소리를 내기에
안 좋은 일이 일어났나 싶어
전화를 끊기 무섭게 무슨 일이 생긴 거냐고 묻기도 참 여러 번이었다.

스웨덴에서 처음 맞이한 여름은 꽤 충격적이었다.

햇빛이 조금만 비치면 길거리든 공원이든 때와 장소를 가리지 않고

훌렁훌렁 옷을 벗고 여기저기 굴러다니는 사람들 때문에 내심 민망했더랬다.

삼 년이 지난 지금, 나는 그 굴러다니는 사람들에게 뜨거운 동지애를 느낀다.

여름 동안 햇빛을 온몸으로 축적하고 그 힘으로 긴 겨울을 나기 위함이란 걸

지난 네 번의 겨울을 나며 알게 되었다.

햇빛을 빈 잼 병에 담아 저장해둘 수 있다면 얼마나 좋을까.

햇빛으로 만든 잼이 있다면 얼마나 좋을까.

동지들과 햇빛 아래 누워 그런 공상을 하곤 한다.

알아가며,
다정해지며

FRÅN
MITT
SVERIGE

마음이 지치는 날

책가방 메고 학교 다니던 시절
매일 아침 현관에 쪼그려 앉아 신발을 신고 있으면
등 뒤에서 들려오던 엄마 목소리.

"신발 끈 꼭꼭 묶으세요. 우리 아가씨."

내 신발 끈이 잘 묶여 있는지 살펴주던 엄마의 따뜻한 눈빛이 그립다.
가끔은 신발 끈 묶는 것마저 엄마의 손길이 필요한
어린아이로 돌아가고 싶어진다.

사
랑
을
먹
고
자
랐
다

내가 어렸을 때 엄마는 늘 바빴다.

그래도 여름이 되면 매일 같이 생토마토를 갈아 주스를 만들어주셨다.

겨우 일어나 세수도 하지 않고 이불 안에서 뒤척거리고 있으면 엄마가 주스를 들이밀었다.

당시에는 참 싫어서 매번 먹기 싫다며 투정을 부렸다.

오랜 세월이 지난 지금, 나는 그때를 후회한다.

"감사합니다" 하고 마실걸.

"늘 내 건강 생각해주셔서 감사합니다 엄마" 하고 한 방울도 남김없이 마실걸.

컵도 내가 설거지할걸.

주말 저녁이면 거실에 가족들과 옹기종기 모여 앉아
엄마가 깎아주는 계절 과일을 새끼 새처럼 받아먹으며 드라마를 보던 날들이
꿈처럼 느껴진다.
그 시간이 이토록 가슴 미어지게 그리울 거라곤 생각하지 못했다.
과일이 아닌 사랑을 먹고 자랐다는 걸 지구 반대편에서야 깨닫는다.
매년 여름 색색으로 채워지는 과일 코너를 지날 때 혼자 마음이 아프다.

슬그머니 마음이 돌아왔다

하루 이틀만 지나도 까맣게 잊을 사소한 문제로 다투고

아무 말없이 냉랭해진 짧은 시간 동안

영영 한국으로 떠나고 싶은 마음이 솟구쳤다.

머리끝까지 오른 화를 삭이기 위해 샤워를 하고 나오니

냉장고 안에 아까는 없던 바나나 셰이크 한 컵이 멀끔히 놓여 있다.

내가 좋아하는 바나나 셰이크.

한 잔 마시고 나면 늘 기분이 좋아지는 달콤한 바나나 셰이크.

나와 다툰 사람이, 내가 샤워하러 들어간 십 분 동안

바나나 셰이크를 만들어 슬그머니 냉장고에 넣어둔 것이다.

한국으로 영영 돌아갔던 내 마음이

바나나 셰이크 한 잔에

또 스웨덴으로 영영 돌아왔다.

du och jag

낙엽처럼 마음이

찬바람이 불어오기 시작했다.

마음이 낙엽처럼 가라앉는다.

이럴 땐 엄마가 그립다. 주말이면 더 자라고 늘 이불을 꾹꾹 눌러주었다.

헨케는 내 이야기를 듣고 출근하기 전 침실에 들어와

이불을 내 목 끝까지 꾹꾹 눌러 덮어주며 더 자라고 말해주기 시작했다.

너
의
아
침,

나
의
밤

헨케는 매일 아침 혼자 일어나 조용히 침실 문을 닫으며 하루를 시작한다.

아침을 챙겨 먹고, 내가 일어나면 마실 커피를 끓여 보온병에 담아두고 출근을 한다.

나는 매일 저녁 잠자리에 들기 전

부엌에 가서 건조대 위 설거짓거리를 정리하며 하루를 마무리한다.

싱크대 위의 물기를 닦아내고 식탁 의자를 가지런히 정리한다.

매일 아침 나보다 일찍 일어나는 헨케가

깨끗한 부엌에서 기분 좋게 하루를 시작할 수 있도록.

헨케의 조카인 엘라네 집에 놀러 갔다가,

냉장고에 붙어 있는 생활 계획표를 보았다.

얼핏 보면 내가 초등학생 때 만들었던 생활 계획표와 비슷한 모습이지만,

내용은 전혀 다르다.

월요일 승마, 화요일 토끼집 청소,

수요일 토끼 달리기와 허들 점프 연습, 목요일 친구 집 방문 등등….

달력을 보고 나자 문득 궁금해져서 엘라에게

"이다음에 커서 뭐가 되고 싶어?"라고 물었다.

꿈에 대해 물으면 한 치의 망설임도 없이 큰 소리로 대답하지 않을까 했던

내 기대와는 달리 엘라는 한참을 골똘히 생각하더니 잘 모르겠다고 한다.

하지만 "되고 싶은 건 무엇이든 될 수 있어" 하고 덧붙였다.
잔디밭을 뛰어다니느라 신발을 신은 날보다 맨발인 날이 더 많고,
늘 옷에 말이나 토끼, 개의 털을 잔뜩 묻히고 다니는 엘라의 미래를
설레는 마음으로 생각한다.

파파의 집에는 앞마당 쪽으로 창이 난 작은 게스트룸이 하나 있다.

게스트룸에서 자고 일어난 이른 아침, 창밖에서 들려오는 소리에 잠이 깼다.

참방, 참방 반복해서 들려오는 물장구 소리.

다시 잠에 들 수가 없었다.

대체 이게 무슨 소린가 싶어 몸을 일으켜 창밖을 내다보니

맘마가 콘크리트로 만든 새 전용 욕조에서 작은 새 한 마리가

날개를 퍼덕거리며 신나게 목욕 중이다.

목욕을 다 끝낸 작은 새가 날아가면 또 다른 새 한 마리가 날아와

신나게 물장구를 치며 목욕을 한다.

커텐 뒤에서 그 장면을 몰래 지켜보다 날이 밝았다.

늘 나만 춥다.

겨울에도 춥고, 여름에도 춥다.

그런데 사람들은 자꾸 덥다고 옷을 벗고 다닌다.

드디어 여름이 왔다며 한껏 즐거워하는 것이다.

그런 사람들 사이에서 난 카디건을 여민다.

헐벗은 채 오가는 사람들을 보며 역시 겨울 왕국 출신들답게
추위에는 강하고 더위엔 약하구나,
난 언제쯤 이 추운 여름을 덥다고 말해볼 수 있을까 생각했다.
나보다 추운 날씨에 특화된 피부를 가진 그들을 부러워했다.
그러던 며칠 전, 카페 테라스에 앉아 있다가 보고 말았다.
햇빛 아래 앉아 마음껏 여름을 즐기는 듯한 옆 테이블 사람들의 팔에 돋아 있던
닭살과 미묘하게 떨리던 입술을.

그리운 사람이 있다는 것은

매년 크리스마스가 다가올 때쯤이면 지구 반대편 머나먼 호주에서

택배 상자 하나가 배달되어 온다.

상자에는 한 글자 한 글자 꾹꾹 눌러 쓴 손 글씨가 빼곡한 편지 한 장과

비타민 B와 D, 칼슘, 마그네슘, 오메가3 같은 각종 영양제가 잔뜩 들어 있다.

비타민 D는 해가 뜨지 않는 겨울철에 챙겨 먹어야 하는 스웨덴 사람들의 필수 영양제다.

먼 곳에 사는 나의 가장 친한 친구는 매년 내 건강을 생각해

일 년 동안 먹을 비타민을 보내온다.

비록 몸은 멀어졌으나 친구의 자리는 해를 거듭할수록 선명해진다.

그리운 사람이 있다는 것은 큰 축복이다.

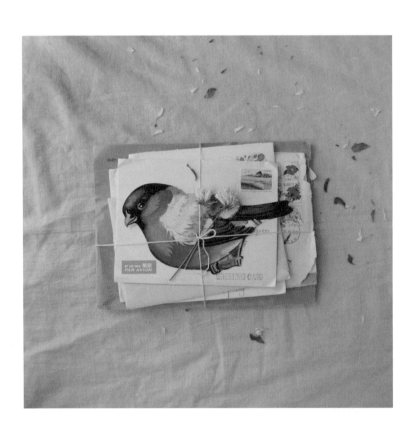

Vi tänker
på dig
mama,

작별

맘마가 뇌암 판정과 함께 일 년의 시한부를 선고받았다.

이후로 파파와 맘마의 집은 많은 것이 눈에 띄게 바뀌어갔다.

맘마의 거동은 점점 불편해졌고 곧 지팡이에 의지해 힘겹게 걷게 되었다.

그다음엔 휠체어에 앉게 되었고 마지막에는 가정용 환자 침대에 누워 주무시기만 하셨다.

맘마의 모습도, 집안의 풍경도 모든 것이 빠르게 변해갔지만

가족들은 그 모든 변화를 흡수하듯, 담담하고 침착했다.

내가 슬퍼하는 기색을 내보이기 조심스러울 정도로.

맘마가 돌아가시기 두 달 전, 친구가 우리를 집으로 초대했다.
어느 순간부터 헨케가 보이지 않아 찾다가 게스트룸의 문을 열어보니,
헨케는 침대에 엎드려 가만히 누워 있었다.
내가 다가가자 조용히 말했다.

"I have to say goodbye to my mom."

슬퍼하는 내색을 하지 않는다고 해서, 슬프지 않은 게 아닌데.
가슴이 찢어지는 것 같았다.

맘마는 몸이 더 불편해지기 전에

마지막을 함께할 사람들과 장소, 당신의 관 위에 놓일 꽃까지 직접 정하셨다.

집 근처 작은 교회에서 나를 포함한 가족 열 명만 모인 조용한 장례식이었다.

관 위에는 맘마가 가장 좋아했던 오렌지색 꽃 한 다발이 놓였다.

지금도 파파는 매주 오렌지색 꽃을 사 들고 맘마를 만나러 간다.

사십오 년이라는 시간 동안 매일 서로 뺨을 쓰다듬고,

꼭 껴안고 고맙다, 사랑한다 서로에게 말하며 그렇게 사랑하셨는데도

그 시간들이 너무나 짧게 느껴지신다고 하신다.

스웨덴이라는
나라

FRÅN
MITT
SVERIGE

What will you
have for dinner
tonight?

It will be
a fresh
green onion SOUP!

라
테
파
파

스웨덴으로 이주하고

평일 오후에 공원이나 시내로 산책을 나가면 유난히 눈에 띄는 낯선 풍경이 있었다.

앙증맞은 유모차를 끌고 유유히 걸어가는 젊은 아빠들이다.

유모차를 끌고 나온 아빠 두세 명이 공원에 앉아 수다를 떨고

카페 야외석에 앉아 커피를 마시며 아기와 여유로운 시간을 보낸다.

슈퍼에 가면 유모차를 앞뒤로 밀어가며 열심히 야채를 고르는 아빠들도 보였다.

그 모습을 보며 나는 혼자 감탄했다.

"남자 주부가 이렇게나 많다니, 이것이 남녀평등 일 위 국가의 위엄이구나!"

시간이 지나고 나서야 그들이 주부가 아니라

육아휴직 중인 '라테 파파'라는 걸 알게 되었다.

육아는 부부가 어느 한쪽으로 치우치지 않고 동등하게 책임지는 일이기에

사백팔십 일 동안 주어지는 육아휴직 또한 부부가 나누어 써야 한다.

어느 회사를 다니든 관계없이 의무적으로 지켜야 하는 법이다.

이렇다 보니 평일 낮에 유모차를 끌고 가는 아빠들이 굉장히 흔한 풍경이었던 것이다.

스웨덴 남자의 레시피

스웨덴에서는 고등학교를 졸업하면 부모님으로부터 독립해

혼자 살아가는 것이 당연한 일이다.

한쪽 어깨에 부엌 수건을 두르고 능숙한 솜씨로 야채를 써는 남자들이 있는

부엌 풍경도 전혀 특별하지 않다.

스웨덴의 외식 값은 상당히 비싸다.

반면 슈퍼에서 사는 식재료는 한국보다 저렴한 수준이라 스웨덴 사람들은 대부분 집에서

삼시 세끼 요리를 해 먹는 데 익숙하다. 그러니 자연히 요리 내공도 쌓이는 것이다.

미트볼 만들기

Patatis mjöl 500g

STRÖ BRÖD 400g

1작은술 감자전분
1/2 dl 우유
1/4 dl 빵가루
250g 다진 고기

1큰술 다진양파
소금 한꼬집
1 계란
후추 한꼬집

1. 우유와 빵가루를 잘 섞어서
   냉장고에 10분간 넣어둔다.

2. 다진 고기, 계란, 전분, 소금, 후추,
   잘게 다진 양파를 1에 넣고 잘 섞는다.

3. 양 손바닥에 찬물을 묻히고 반죽을
   한 입 크기로 동그랗게 뭉쳐준다.

4. 중불에서 반죽을 빙글빙글
   굴려가며 굽는다.

내가 이십 대 내내 자취를 하며 외식 문화를 섭렵하고 다닐 당시
헨케는 지구 반대편에서 요리 내공을 쌓고 있었다.
그런 연유로 우리 집에선 헨케가 요리를 도맡아 한다.
대신 나는 설거지와 쓰레기를 내다 버리는 일을 담당하고 있다.

스웨덴에 온 이후 내가 가장 많이 듣고 말한 단어는 피카*Fika*가 아닐까.

스웨덴어로 커피를 의미하는 '카피에*Kaffee*'라는 단어가 뒤집어져

*Fika*라는 단어가 만들어졌다고 한다.

속설에 의하면 아주 오래전 옛날,

노동자들이 일을 하다가 쉬고 싶을 때 감시하는 감독관들이 알아듣지 못하도록

일부러 단어를 뒤집어서 말하다가

그게 굳어져 지금의 피카가 되었다고 한다.

노동자들은 커피를 마시며 더 나은 노동환경을 만들기 위해 대책을 논의했고

감독관들은 그런 시간을 못마땅하게 생각했을 것이다.

어떤 의미에서 지금 스웨덴의 근무 환경과 복지는 이 피카에서 시작된 것이다.

특별한 의미를 내포하고 있는 듯하지만 이 피카라는 것은 사실

달달한 디저트를 곁들여 좋아하는 커피나 차를 마시며 쉬는 시간을 말한다.

피카라는 단어를 듣기만 해도 몸이 이완되고 잠이 술술 쏟아진다.

잠시 긴장을 풀어도 되는 시간, 나를 쉬게 하는 공식적인 시간이다.

이곳 사람들은 하루의 사이사이에 피카를 넣어 생활의 여유를 만들고 일의 능률을 올린다.

헨케의 회사에서는 의무적으로 네 번의 피카를 가진다고 한다.

처음 스웨덴에 왔을 때 파티에 초대받아 갔다가 신기한 풍경과 마주친 기억이 있다.

파티가 무르익자 사람들은 점점 취했고 시끌시끌한 분위기가 한참 고조되었을 무렵,

집주인이 일어나 "피카 닥스(피카 시간)!"라고 외치자

모두 일제히 "나도, 나도!"라고 대답했다.

곧 커피와 달콤한 디저트들이 식탁 위로 올라왔다.

그런데 커피를 앞에 두자 술이 잔뜩 취해 있던 사람들이 갑자기 멀쩡해지는 것이다.

모두 언제 술에 취했었냐는 듯 조용하게 커피를 마셨다.

비워가는 시간은 술자리에서조차 예외가 아니었다.

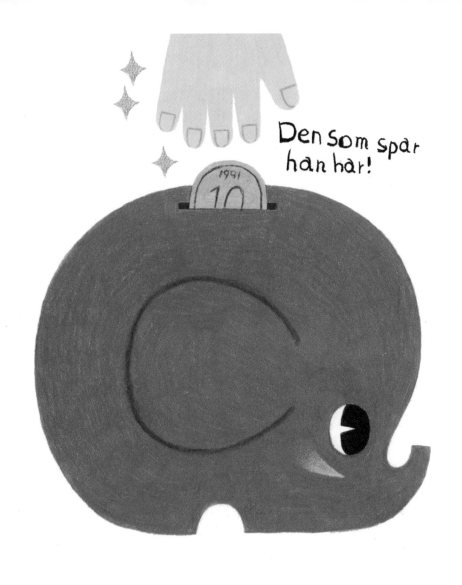

일곱 살의 구직 광고

길을 건너려고 횡단보도 앞에 서 있을 때 가로등에 붙은 종이 한 장을 보았다.

얼핏 보아도 어린아이가 쓴 듯 크레용으로 삐뚤삐뚤 적힌 손 글씨.

안녕하세요. 제 이름은 ○ ○ 이고 일곱 살입니다.

구직 활동을 하고 있습니다.

근무 내용

- 도서관 책 대신 반납: 5kr*
- 강아지 대신 산책: 5kr
- 마당 잡초 뽑기: 8kr

○○○-○○-○○-○○ 으로 꼭 연락주세요.

감사합니다!

*1kr는 한화로 120원 정도

일곱 살 아이가 직접 만들어 붙여둔 너무나 깜찍한 구직 광고문이었다.

집으로 돌아와 헨케에게 호들갑을 떨며 이야기했더니

스웨덴에서는 흔히 있는 일이라고 한다.

많은 아이들이 노동의 가치를 알기 위해 어릴 때부터 스스로 작은 돈을 벌어본다.

헨케도 어릴 적 똑같은 방법으로 용돈을 모아, 사고 싶은 장난감과 자전거를 샀다고 한다.

이곳 사람들의 알뜰한 소비 습관은 그냥 생겨난 것이 아니다.

다음 날 도서관에 들러 책을 한 권 빌리고

구직 광고문이 붙어 있던 곳을 찾아가보니 광고문은 이미 사라지고 없었다.

너무 많은 러브 콜을 받은 모양이다.

스웨덴은 남녀평등 사상이 굉장히 강한 나라다.

그 어떤 일도 남자가 하는 일, 여자가 하는 일로 나누지 않는다.

중후한 할아버지가 기상 캐스터 일을 하기도 하고 건장한 청년이 나오기도 한다.

항공사 승무원도 마찬가지다.

남자가 할 수 있는 일은 여자도 할 수 있고, 여자가 할 수 있는 일은 남자도 할 수 있다.

처음 스웨덴에 왔을 때 이런 분위기가 신기하고 멋지게 느껴졌다.

어학교에서 영상 수업이 있었다.

선생님이 한 여학생에게 천장에 달린 프로젝터의 전원 버튼을 눌러달라고 부탁했다.

손이 닿지 않아 여학생이 의자에 올라가려던 때,

키가 큰 남학생이 그녀를 도와주려고 다가왔다.

그러자 선생님이 격앙된 목소리로 외쳤다.

"그만!! 왜 그녀가 의자에 올라가기만 하면

충분히 해낼 수 있는 일을 네가 마음대로 도와주려는 거야?"

순간 나를 포함해 교실에 앉아 있던 모든 친구들의 눈빛이 갈 곳을 잃었다.

평등과 친절의 기준도 잠시 길을 잃었다.

한여름 밤의 꿈

북유럽의 가장 큰 명절 중 하나인 미드 서머(하지 축제)가 다가오면
어린 여자아이들은 들뜬다.
스웨덴에는 미드 서머 전날 밤 여름 꽃 일곱 가지를 꺾어
베개 밑에 넣고 잠들면 미래의 남편이 꿈에 나온다는 속설이 있다.

그래서 미드 서머 하루 전날 저녁 산책을 나가보면

여자아이들이 엄마 손을 잡고 꽃을 꺾어 모으는 귀여운 풍경을 볼 수 있다.

나는 이미 미래의 남편이 누구인지 알고 있기 때문에

그 귀여운 이벤트에 동참할 수는 없었다.

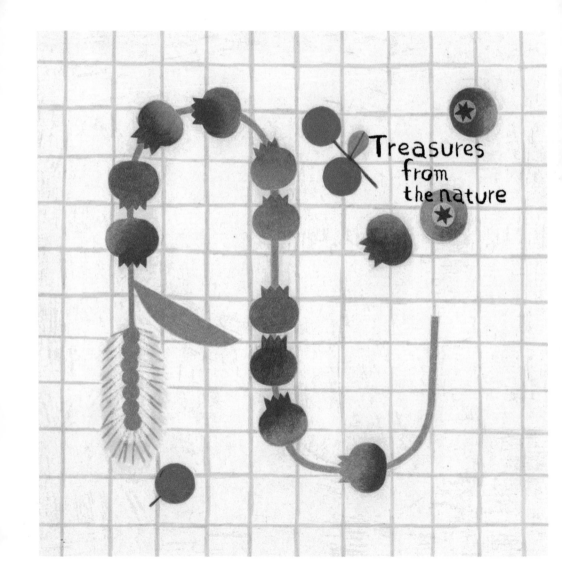

Treasures
from
the nature

가을이 다가오면 스웨덴의 숲은 커다란 냉장고가 된다.

블루베리와 링곤베리, 그리고 스웨덴 사람들이 너무나 사랑하는 칸타렐버섯 수확의 계절.

블루베리를 따다 보면 열매는 없고 가지만 앙상하게 남은 부분들이 보이는데,

숲에 사는 사슴과 엘크가 먹고 간 흔적이다.

동물들과 맛있는 블루베리를 함께 나눠 먹는 스웨덴의 가을은 참 귀여운 계절이다.

선명한 노란빛에 고소한 맛이 나는 칸타렐버섯은 슈퍼에서 구매하려면 그 값이 꽤 비싸다.

그래서 이곳 사람들은 칸타렐버섯이 자라는 장소를 발견하면 혼자 비밀로 간직한다.

나에겐 아직 칸타렐버섯 비밀 장소가 없다.

어디서 따는지 알려주지는 않지만 비밀 장소를 가진 사람들은

매년 가을이면 칸타렐버섯을 주변 사람들에게 나누어 준다.

그래서 나만의 칸타렐버섯 비밀 장소가 없어도 아쉽지 않다.

새들도 함께 겨울을 난다

나뭇잎이 떨어지기 시작하면 스웨덴 사람들은 경쟁하듯

정원과 베란다에 새 모이 집을 설치한다.

나라에서 법으로 지정한 것도 아니고 누구 하나 그리 해야 한다는 적도 없는데

파파와 이웃들은 슈퍼에서 이십 킬로그램짜리 새 모이를 사다 나르느라 분주하다.

새들이 추운 겨울 동안 굶어 죽을까 봐 걱정이 된다고 하신다.

이곳의 복지는 비단 사람들만을 위한 것이 아닌 모양이다.

보이는 것이 전부는 아니다

아침 일찍 어학원에 가기 위해

횡단보도의 신호가 바뀌길 기다리고 있었다.

길 맞은편에는 교통사고 방지를 위해 형광 노란색의 조끼를 맞춰 입은

작은 아이들이 줄을 맞춰 나란히 서 있었다.

유치원 선생님으로 보이는 두 사람이 앞뒤에서 아이들을 챙기고 있다.

범상치 않은 모습에 나도 모르게 한참을 보았다.

앞쪽에 선 여자 선생님은 머리를 반쯤 삭발하고 얼굴 이곳저곳에 피어싱을 했다.

옷차림은 유치원보다는 록 페스티벌에 어울렸다.

아이들 뒤쪽에서 따라가는 남자 선생님은 긴 머리를 묶었다.

두꺼운 겨울 코트 사이로 큼직한 타투가 보였다.

범상치 않은 비주얼을 가진 두 선생님이 아이들을 어떻게 대할지 궁금해서 보고 있자니

신호가 바뀌고, 아이들이 줄지어 내 쪽으로 건너왔다.

아이들을 살뜰히 챙기며 횡단보도를 건너가던

두 선생님은 아이들을 바라보며 환히 웃는다.

어릴 적 내가 다녔던 유치원의 선생님이 그랬던 것처럼 천사 같은 웃음이었다.

발
렌
타
인
데
이

발렌타인데이, 헨케가 출근한 사이 슈퍼에 꽃을 사러 갔다.

평소라면 슈퍼 입구부터 꽉 차 있을 꽃 코너는 휑하다.

남은 꽃들 사이에서 색색의 꽃으로 만들어진 꽃다발을 골라 계산대로 향했다.

이미 꽤 많은 사람들이 줄을 서 있었다.

건설 현장에서 일하는 안전모를 쓴 남자, 등이 굽은 할머니, 유모차를 끌고 온 아이 아빠,
가죽 자켓을 입은 바이커 할아버지, 금발의 예쁜 언니 등….
대부분 한 손엔 장바구니를, 또 한 손엔 꽃다발을 들고 자신의 차례를 기다리고 있다.
줄이 꽤 길었지만 짜증스러운 얼굴을 한 사람은 한 명도 없었다.

소중한 존재가
늘어간다

FRÅN
MITT
SVERIGE

스웨덴으로 이주해 오고, 스웨덴 사람들과 어울리고

그렇게 새로운 문화를 알아가면서 한 가지 의아한 부분이 있었다.

무슨 영문인지 이곳 사람들은 슬픈 일이 있어도 너무 슬퍼하지 않고,

기쁜 일이 있어도 너무 들뜨지 않고,

좋은 일이 있어도 자랑하지 않고, 화가 나도 분노하지 않는다.

내가 만난 사람들은 물론이고

심지어 드라마에 나오는 연기자들까지 침착하다.

진짬 나는 범죄 스릴러에서조차 말이다.

한두 명이 아니라 여러 사람들이 비슷한 성격을 가졌다면

분명 문화적인 이유가 있지 않을까 싶어 궁금한 마음에 이것저것 알아보다가

얀테라겐 *Jantelagen* 이라는 생활 규범을 알게 되었다.

우리나라엔 '얀테의 법칙'이라는 이름으로 알려진 이 규범은

천구백 년 초반부터 스칸디나비아 국가에서 통용되어왔다.

Jantelagen

1. 다른 사람들보다 내가 특별하다고 생각하지 않는다.

2. 다른 사람들보다 내가 좋은 사람이라고 생각하지 않는다.

3. 다른 사람들보다 내가 똑똑하다고 생각하지 않는다.

4. 다른 사람들보다 내가 나은 존재라고 생각하지 않는다.

5. 다른 사람들보다 내가 더 안다고 생각하지 않는다.

6. 다른 사람들보다 내가 더 우월하다고 생각하지 않는다.

7. 다른 사람들보다 내가 무엇이든 더 잘한다고 생각하지 않는다.

8. 다른 사람들을 비웃지 않는다.

9. 다른 사람들보다 내가 더 배려받아야 한다고 생각하지 않는다.

10. 다른 사람들을 내가 가르칠 수 있다고 생각하지 않는다.

이러한 규범을 배우며 살아온 사람들의 마음속에는 중도의 덕목이 자리 잡았을 것이다.

문화적인 배경을 알고 나니 사람들의 행동을 이해할 수는 있게 되었지만

"기쁨은 나누면 배가된다"라고 배워온 나로서는 종종 그들의 조용함이 아쉽기도 하다.

이곳에도 우리나라의 「진품 명품」 같은 텔레비전 프로그램이 있다.

골동품 전문가들이 스웨덴의 각 지역을 돌아다니며

사람들이 집에서 들고 나온 유품이나 금품의 가치를 그 자리에서 매겨준다.

이 프로그램에서도 역시 사람들의 표현은 고요하다.

기대 없이 들고 나간 물건이 일억 원이 넘는 가치로 인정을 받아도 표정 하나 변하지 않고

"그렇군요. 잘됐네요"라고 말한다.

어떻게 그럴 수 있을까? 나는 혼자 은근하게 상상해보곤 한다.

집에 돌아가 현관문을 닫는 순간 괴성을 지르는 그들의 모습을 말이다.

*1980년대에는 얀테라겐이 너무 부정적이라고 생각한 사람들이 '옌테라겐'이라는 새로운 생활 규범을 제시하기도 했다. 내용은 얀테라겐과 같지만, 긍정적인 어투로 바뀐 것이다. 예시를 들어 얀테라겐에서 "다른 사람들보다 내가 좋은 사람이라고 생각하지 않는다"라는 조항은 옌테라겐에서 "나는 좋은 사람이다. 다른 사람들도 나만큼 좋은 사람들이다"라고 표기되는 식이다.

스웨덴에서는 백 세가 넘은 할머니의 블로그가 화제다.

나는 한 텔레비전 토크 쇼로 할머니를 알게 되었다.

백 년을 넘게 산 사람은 어떤 생각을 할까? 또 어떤 글을 쓸까?

긴 세월을 살아온 할머니의 글에서 지금 나의 가장 큰 고민,

'스웨덴에서 어떻게 살아가야 좋을지'에 대한 힌트를 얻을 수 있지 않을까.

그런데 내 기대와는 달리 할머니의 블로그에는 특별한 내용이 없다.

지극히 평범한 그날 하루의 일들이다.

박물관에 간 이야기, 슈퍼에서 꽃을 싸게 사 온 이야기,

친구를 만나 차를 마시며 수다를 떤 이야기….

백 년을 넘게 사는 인생이 뭔가 특별할 것 같았지만

지금 서른을 겨우 넘긴 내가 쓰는 일기와도 별다를 바가 없다.

내 일기와 다른 점이 있다면

좋은 일이 있었던 날도, 그냥 그랬던 날도, 슬픈 일이 생긴 날에도

주어진 하루하루에 대한 할머니의 애정이 가득 느껴졌다.

마치 말하는 것 같았다.

"지금의 일상을 그대로 이어나가면 돼"라고.

어학원 선생님 중에 몰린이라는 선생님이 계신다.

늘 뚝떨어지는 단발에 동그란 안경을 쓰고 펑퍼짐한 원피스를 입고 다니며

수업 도중 자신이 키우는 두 마리 고양이에 대해 자주 이야기하는,

마치 동화에서 방금 튀어나온 푸근한 할머니 같은 분이다.

한번은 학교 가는 길에 그녀와 마주쳐서 함께 걸어가게 되었다.

몰린은 평소와는 달리 커다란 꽃무늬가 가득 들어간 화려한 원피스를 입고 있었다.

"와 선생님! 오늘 너무 예쁘네요. 어디 파티라도 가시나봐요!"라는 내 말에
방긋 웃으며 답한다.

"응. 오늘 내 전 남편과의 이혼 기념일이라 저녁에 만나기로 약속했어."
스웨덴어가 익숙지 않던 나는
결혼기념일을 이혼 기념일로 잘못 들었다 생각했다.

"이혼 기념일이요?" 조심스럽게 되물었더니
몰린은 여전히 방긋방긋 웃으며 대답한다.

"맞아. 오늘이 이혼한 지 삼십오 주년 되는 기념일이라
근사한 저녁을 먹기로 했어. 우린 여전히 친구니까!"

몰린의 웃는 얼굴과 '이혼'이라는 단어에서 오는 불유쾌한 느낌이 전혀 매치가 되지 않아
잠시 머릿속이 혼란스러웠다.
수업을 마치고 집으로 돌아와 헨케에게 오늘 있었던 일을 이야기하니
스웨덴에서는 그리 특별한 일도 아니라고 한다.
이혼 뒤에도 좋은 관계를 유지하며 친한 친구로 지내는 사람들이 주변에도 많다고 했다.
'이혼'이라는 단어가, 배우자를 잃음과 동시에 가장 좋은 친구를 얻는 과정을 뜻한다니!
어른들을 위한 동화 속 세상에 굴러 들어온 어린이가 된 기분이다.

보상은 이미 충분히 받았다

일본 유학 시절에 한자를 외우느라 그토록 많은 시간을 쏟아부었는데
스웨덴으로 이주하고 새로운 언어를 다시 배우려니 종종 억울함이 치밀었다.
'이렇게 생뚱맞은 나라에 와서 살 줄 알았더라면…!'
난생처음 보는 단어들을 외우다
연필을 내팽개쳐버리는 빈도가 잦아질 때쯤 케이코를 만났다.

케이코는 스웨덴의 빈티지 패브릭으로 제품을 만드는 패브릭 작가다.

둘 다 손으로 하는 일을 좋아한다는 큰 공통점을 가지고 있어서인지

첫 만남부터 물 흐르듯 대화가 이어졌고

금세 우리는 마음속 이야기까지 나누는 사이가 되었다.

억울했던 마음이 차츰 안도와 감사함으로 바뀌었다.

열심히 배워둔 일본어 덕에

타지에서 비빌 언덕이 되어주는 소중한 친구를 만들 수 있었으니

한자 외우느라 지새운 밤들에 대한 보상은 이미 충분히 받았다.

헨케네 누나의 집에서 온 가족이 모여 주말을 보내고 있던 때였다.

점심을 먹는데 빵빵, 하고 집 밖에서 자동차 경적 소리가 울렸다.

바깥으로 나간 파파는 오 분 뒤에 깃털이 아직 채 떨어지지 않은 계란이 가득 담긴 바구니를 들고 들어왔다.

밖에서 경적을 울린 사람은 근처에서 농장을 운영하시는 할아버지라 했다.

오늘 당신께서 정장을 하고 가야 하는 모임이 있는데

한평생 농장 일만 하시다 보니 넥타이 매는 방법을 모르신다며

도움을 구하러 오셨던 것이다.

파파가 친히 넥타이를 매어드리자 할아버지는 감사의 표시로 미리 준비해온,

닭이 갓 낳은 신선한 계란을 한 바구니 건네주셨다고.

정적인 시골 마을에 살다 보면 일어나는 이런 작은 일들이 너무나 귀엽게 느껴진다.

헨케의 지인이 홈 파티에 우리를 초대해주었다.

모두 모이면 평균 나이는 서른여섯이다.

맥주를 한 캔씩 마시며 피자를 주문해 먹었다.

대화 내용은 주로 축구, 농구, 여행, 요리….

해가 질 때쯤 집 앞 들판으로 나가 나무토막을 던져 맞추는 게임을 했다.

이 나무토막 맞추기 게임은 우리나라로 치면 윷놀이처럼 오래된 전통 놀이인데
남녀노소 할 것 없이 스웨덴 사람들이 정말 좋아하고 즐겨 하는 게임이다.
나무토막 맞추기 게임이 끝나고 남자들은 축구를 하고 여자들은 수다를 떨었다.
지는 노을을 바라보며 웃다 보니,
문득 스마트폰 없이도 참 즐겁게 하루 종일 놀았던 어릴 적 기억이 오버랩된다.
스웨덴을 음식에 비유하자면
마치 간을 하지 않고 삶은 담백한 감자 같달까.

다른 선택에 대해

파파네 집으로 가는 기차 안에서 우연히 헨케의 어릴 적 친구를 만났다.

반갑게 안부를 나누다가 역에서 함께 내려 출구로 걸어가는데

먼발치에서 한 중년 여성이 우리를 향해 웃는 얼굴로 손을 흔든다.

친구의 어머니가 마중을 나왔구나, 생각했는데

두 사람이 모자 사이라기엔 너무 진한 포옹과 키스를 하는 것이 아닌가.

이게 무슨 상황인가 싶어서 당황한 나에게, 그는 그녀를 자신의 여자친구라고 소개했다.

그녀는 그보다 열여섯 살이 많으니 우리 엄마와 비슷한 연배다.

스무 살이 넘은 딸이 있다고 했다.

역 앞에서 작별 인사를 하고 헤어지면서 돌아본 그 두 사람의 뒷모습은

여느 연인들과 다름없이 참 따뜻하고 다정한 모습이었다.

사람들은 모두 다 다르다. 그래서 다 다른 선택을 하며 살아간다.

이 사실을 인지하면 다른 사람이 무슨 선택을 하든

놀라거나 걱정하거나 간섭할 이유가 없다.

그동안 내가 다른 사람이 조금 다르게 살아가는 모습을 보며

놀라거나 걱정한 이유는 습관적인 것이다.

환경이 바뀌어도 내 마음의 습관이 똑같이 작용했던 것이다.

이제 그 습관을 버려도 되지 않을까.

사
람
들
도
　
모
두
　
날
씨
와
　
같
다

미혼인 남자가 열여섯 살 많은 이혼녀와 사랑에 빠지고

마흔이 넘은 트럭 운전사가 학교 선생님이 되기 위해 새로 공부를 시작하고

어떤 연인들은 아이를 낳고 손주가 생길 때까지 결혼도 하지 않고 평생 함께 살고

범인을 쫓는 경찰의 팔과 목에 문신이 가득하고

여든이 넘은 할아버지가 가죽 자켓을 입고 오토바이로 질주한다.

내 지인 혹은 주변에서 흔히 볼 수 있는, 사람들이 사는 모습이다.

스웨덴의 작가이자 우리나라에는 『말괄량이 삐삐』로 잘 알려진

아스트리드 린드그렌의 이야기로 만든 어린이 드라마가 있다.

「우리는 살트 크로켄에 살아요」라는 제목의 이 드라마에 나오는 한 등장인물은

아침에 장대비가 쏟아지는 걸 보며 날씨가 나쁘다고 불평을 한다.

그러자 옆에 있던 사람이 빙긋이 웃으며 말했다.

"나쁜 날씨가 아니라 다른 날씨가 있는 것뿐이에요."

다른 것이 비단 날씨만이겠는가. 사람들도 모두 날씨와 같다.

우리는 자연스럽게 모두 다 다르다.

나쁘거나 이상한 것이 아니라 다른 것이다.

"다르다."

참 평화로운 말이다.

작전명, 꽃 사진을 찍어라

봄이 왔다. 여기저기 꽃이 피기 시작했다.

친구가 공원에 겹벚꽃이 잔뜩 피었다고 알려줘서

카메라를 들고 헨케와 사진을 찍으러 갔다.

예쁜 벚꽃을 카메라에 열심히 담다가 주변을 둘러보니

처음 내가 사진을 찍을 때는 없었던,

꽤 많은 사람이 내 주변에 모여 열심히 벚꽃 사진을 찍고 있었고

조금 먼발치에서 헨케가 킥킥거리며 웃고 있었다.

왜 거기서 웃고 있느냐고 물었더니 이 모습이 참 웃기다는 것이다.

벚꽃 사진 찍는 상황이 웃기다고?

부끄러움이 많은 스웨덴 사람들은 꼭 누군가 사진을 먼저 찍기 시작하면

그제야 같이 사진을 찍는다고 한다.

"네가 카메라로 사진을 찍고 있는 걸 보고 사람들이 몰려온 거야"라며 큭큭 웃었다.

아무리 부끄러움이 많아도 꽃 사진을 찍는 게 쑥스럽다니, 설마!

공원을 한 바퀴 돌면서 마주치는 사람들을 유심히 살펴보았다.

그런데, 정말인 것 같다.

마치 비밀 작전이라도 수행하듯 꽃 앞에 서서 주변을 잠시 살핀 후

재빠른 손놀림으로 꽃 사진을 찍고 누군가 다가오면

마치 아무 일도 없었다는 듯 갈 길을 간다.

여름이 되면 속옷 차림으로 공원을 굴러다니는 사람들이

꽃 사진 찍는 게 쑥스럽다니, 참 아이러니하다.

저녁을 먹고 헨케와 동네 산책을 갔다.

오늘도 내 주머니는 도토리와 조약돌로 가득 찬다.

낙엽은 부서질까 봐 조심히 손에 쥐고 집으로 돌아왔다.

나는 이것들을 '보물'이라 부른다.

나를 기분 좋게 하는 가치 있는 것들이다.

길 걷다 발에 차이고 지천에 널린 것들이 보물이라니,

참 사치스러운 산책이다.

나의,
스웨덴

FRÅN
MITT
SVERIGE

공기 냄새

정원에서 빨래를 걷던 헨케가 한참 동안 서서 빨래의 냄새를 맡고 있다.

빨래가 제대로 되지 않은 거냐고 물었더니, 와보라며 손짓했다.

그리고 마른 빨래를 들이밀며 냄새를 맡아보라고 한다.

아무 냄새도 나지 않는다.

헨케는 다시 잘 맡아보라고 한다.

나무가 많은 곳에서 건조시킨 빨래에서 나는 특유의 향기가 있다며.

그 향기를 좋아한다고.

그 향기가 밴 이불을 덮고 자는 날은 평소보다 더 잠이 잘 온다고 한다.

숲

맑은 날 숲에 가면 나뭇잎 사이사이로 쏟아지는 햇빛의 파편들을 본다.

흐린 날 숲에서 맡을 수 있는 진한 흙냄새.

비가 오는 날의 숲은 눈을 뜨고 있지 않아도 좋다.

눈이 오는 날의 숲은 머릿속에 정처 없이 떠다니는 고민을 얼려버리기 딱 좋다.

du och jag

숲 한가운데의 보물 상자

스웨덴에서 차를 타고 고속도로를 달리다 보면 갓길에 엉성한 손 글씨로

'Loppis'라는 글씨가 적힌 나무 표지판이 종종 있다.

표지판을 따라 숲속으로 들어가면 허름한 나무 집이 하나 나오는데

문을 열고 들어가보면 세월의 흔적이 고스란히 보이는 물건들이 빼곡히 들어차 있다.

숲 한가운데에서 커다란 보물 상자를 찾은 것이다.

육칠십 년대 스웨덴의 이야기가 깃든 예쁜 식기와 소품을

구경하다 보면 시간을 잊게 된다.

"이 커텐 우리 할머니 집에 있던 거랑 똑같아!"

"이 컵은 내가 아기 때 코코아를 마시던 컵과 똑같은데, 그때 생각이 많이 난다."

전형적인 스웨덴 사람답게 좀처럼 감상적이 되지 않는 헨케도 이때만큼은 몽글몽글해진다.

이곳에 와서 총 네 번의 크리스마스를 보냈다.

매년 참 비슷한 풍경이었고, 매년 따뜻했다.

커다란 전나무를 싣고 지나가는 차들이 보이기 시작하면 나는 아이처럼 마음이 설렌다.

크리스마스가 다가오고 있다.

스웨덴의 가장 큰 명절인 크리스마스에는 온 가족이 모여 함께 시간을 보낸다.

Jul bord라고 하는, 크리스마스 만찬 음식을 가족이 다 함께 준비하고

식사 중간중간 크리스마스 노래를 부르며 '스납스'라는,

아주 작은 잔에 담긴 도수가 꽤 높은 술을 마시며 저녁 시간을 보낸다.

저녁을 다 먹어갈 때쯤이면 어른들은 어김없이 호들갑을 떨며

헨케의 조카인 엘라를 창가로 부른다.

창밖 저 멀리 깊은 숲속에서 촛불이 든 램프를 들고

커다란 선물 보따리를 어깨에 이고

천천히 걸어오는 산타가 보인다.

분명 파파의 친구가 산타 분장을 한 것임을 알고 있는데도,

마치 진짜 산타가 오고 있는 것 같은 착각이 들 정도로 신비로운 풍경이었다.

산타가 돌아가고 나면 건네받은 커다란 선물 꾸러미를 트리 밑에 쏟아붓고,

엘라가 선물에 붙은 이름표를 확인하며 가족들에게 선물을 나눠 준다.

가족들은 모두 산타 모자를 쓰고 자신의 이름이 호명되길 기다린다.

선물을 다 나누고 난 뒤에는 한 명씩 돌아가며 선물을 열어보는데

포장지에 누구의 선물인지 적혀 있어,

선물을 뜯기 전 선물을 준 사람에게 고맙다고 말을 한다.

초, 오너먼트, 초콜릿, 핸드 로션, 양말 등 작고 아기자기한 선물들이 오가고

고맙다는 말도 수없이 오간다.

늦은 저녁 집으로 돌아갈 때면 가족 한 명, 한 명 빠짐없이 포옹을 나눈다.

그렇게 크리스마스가 끝난다.

Sill,
en svensk
klassiker

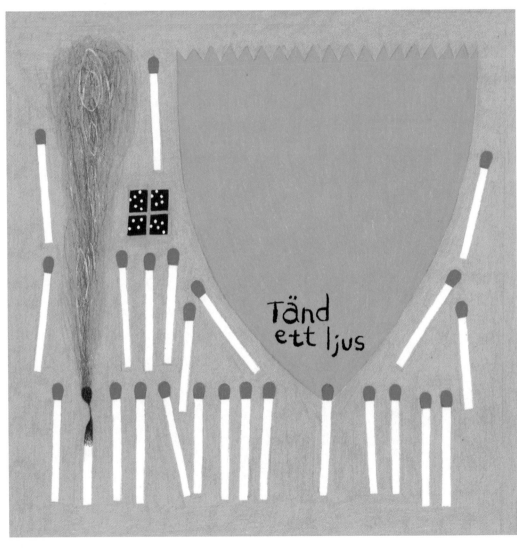

추억 상자

스웨덴 사람들은 겨울이 오면 집 안 곳곳에 최대한 많은 초를 켠다.

그 아늑한 분위기가 좋아 나도 매년 겨울이면 집 안 곳곳에 초를 켜게 되었다.

초를 켤 때는 늘 성냥으로 불을 붙인다.

불을 끌 때 나는 매콤한 냄새를 좋아하기 때문이다.

그러다 보니 겨울이 끝나갈 때쯤이면 빈 성냥곽들이 집 여기저기를 굴러다닌다.

작은 상자는 버리기엔 앙증맞고, 보관하자니 은근히 자리를 차지한다.

빈 성냥곽으로 무엇을 할 수 있을까 고민을 하다가

매년 돌아오는 기념일 또는 기억하고 싶은 날을 이 성냥곽에 담아 보관하기로 했다.

wedding anniversary
box

결혼 일주년을 기념하는 추억 상자를 만들었다.

지난 여름에 점심을 먹으러 찾았던 강가에서 헨케가 주워 준 조약돌과

기념일에 함께 마신 와인 코르크,

결혼하고 처음 맞이한 새해에 집에 장식했던 안개꽃을 채웠다.

그렇게 기억하고 싶은 날마다 추억 상자를 만든다.

어느덧 서랍 속에 꽤 많이 쌓였다.

그리고 앞으로도 계속 쌓일 것이다.

Mamma box

Box of Mamma
memories

VÄLKOMMEN
TILLBAKA~

안녕 겨울

스웨덴의 겨울.

추위보다는 영영 끝날 것 같지 않은 어둠이 더 고통스러운 계절이다.

십이월과 일월 사이, 눈이 펑펑 내려 온 세상이 하얗게 변한 날.

따뜻하게 데운 블루베리 스프를 보온병에 담고,

담요와 간단한 점심거리를 챙겨 집 근처 숲속으로 겨울 소풍을 간다.

꽁꽁 언 호숫가 앞에 자리를 잡고 모닥불을 피운다.

숲에서 긴 나뭇가지들을 주워 와 칼로 끝을 뾰족하게 깎아

소세지를 끼워 넣어 불에 굽는다.

소세지가 노릇노릇하게 구워지면 집에서 가져온 재료로 핫도그를 만든다.

배부르게 먹고 난 뒤, 디저트로는 마시멜로를 모닥불에 구워 먹는다.

마지막으로 따뜻한 블루베리 스프까지 한 컵 마시고 나면

그제야 다가오는 겨울에 먼저 인사를 건넬 마음이 생긴다.

잠시나마 봄을 되찾을 수 있도록

스웨덴의 겨울은 길다.

반년 이상 어두운 겨울을 지나 맞이하는 봄은 경이롭게까지 느껴진다.

꽃과 햇빛 심지어 그렇게 무서워하던 벌레들에게까지 반가움을 느꼈다.

봄을 조금이라도 더 오래 간직하고 싶어 압화를 만들기 시작했다.

매년 새 봄꽃으로 만든 압화를 액자에 넣고
집에 걸어 장식하는 일이 연례행사가 되었다.
어떤 꽃들은 아무 책에 넣어둔다.
잊고 있다가 우연히 그 꽃을 다시 발견하는 날,
내가 잠시나마 봄을 되찾을 수 있도록 말이다.

우리 집 옆으로 기차 선로가 지나간다.

다행히 스웨덴의 오래된 집들은 건물 벽이 두껍고 방음이 아주 잘되어 있다.

사람들을 태우고 가는 일반 열차 소리는

귀를 기울이고 일부러 들으려 하지 않는 이상 들리지 않는다.

하지만 하루에 한 번,

이곳 숲에서 벤 수출용 나무를 잔뜩 싣고 달리는 화물열차가 지나갈 때면

덜컹덜컹 하는 소리가 들린다.

그사이 나에겐 비밀스러운 습관이 하나 생겼다.

화물열차가 지나갈 때 나는, 잽싸게 그 열차에 내 걱정들을 실어 보내는 상상을 한다.
기차 소리가 사라질 때쯤에, 걱정은 기차와 함께 떠났다고.

작은 그리움과 외로움을 기차에 실어 보내며,
나의 스웨덴 생활이 계속될 수 있도록 말이다.

KI신서 8197

나의 스웨덴에서

1판 1쇄 인쇄 2019년 6월 7일
1판 3쇄 발행 2023년 7월 14일

지은이 엘리
펴낸이 김영곤
펴낸곳 (주)북이십일 아르테

디자인 이성희
출판마케팅영업본부 본부장 민안기
출판영업팀 최명열 김다운 김도연
제작팀 이영민 권경민

출판등록 2000년 5월 6일 제406-2003-061호
주소 (우 10881) 경기도 파주시 회동길 201(문발동)
대표전화 031-955-2100 팩스 031-955-2151 이메일 book21@book21.co.kr

(주)북이십일 경계를 허무는 콘텐츠 리더

아르테 채널에서 도서 정보와 다양한 영상자료, 이벤트를 만나세요!

페이스북 facebook.com/21arte 인스타그램 instagram.com/21_arte
포스트 post.naver.com/staubin 홈페이지 www.book21.com